Augenblicke

101 überraschende Geschichten
aus dem Leben

Für Mischa und Joël.

Erste Auflage 2019

Originalausgabe

Alle Rechte vorbehalten.

Bibliografische Information der Deutschen
Nationalbibliothek: Die Deutsche Nationalbibliothek
verzeichnet diese Publikation in der Deutschen
Nationalbibliografie, detaillierte bibliografische Daten
sind im Internet über http//dnb.dnb.de abrufbar.

© 2019 Stefan Schär

Herstellung und Verlag:
BoD – Books on Demand, Norderstedt

ISBN: 978-3-7481-7871-2

Blicke

Frau Scheuner war sich ihrer Wirkung bewusst. Selbstbewusst rückte sie ihre Sonnenbrille zurecht, während der Wind verführerisch mit ihrem Haar spielte. Sie fühlte die begehrenden Blicke auf ihrem Körper und wusste um die Ängste der Frauen, die um ihre Männer fürchteten. Erst als die Filmcrew sie bat, aus dem Bild zu treten, bemerkte sie den Irrtum.

Der Sturz

Knorrig und wankend ging der alte Mann dem Gehsteig entgegen. Zitternd hob er seinen Fuss und blieb mit der Spitze seines Schuhs am Rand des Gehsteigs hängen. Er fiel nach vorne, zerbrechlich hielt er sich an seinem Stock, versuchte, sein Bein nach vorne zu ziehen, setzte es zu nahe zum anderen Bein, hob seinen Arm, um Halt zu finden, machte einen zweiten zögerlichen, kurzen Schritt nach vorne und konnte den Sturz im letzten Moment abwenden. Knorrig und wankend ging er weiter.

Flüchtiges Glück

Aus dem Nichts erschien in ihr das Bild eines früheren Bekannten. Es war lange her, seit sie ihn gesehen hatte, in den Gassen der kleinen Stadt. Sie hatten gelacht zusammen. Sie erinnerte sich an seine kräftigen Haare, den Schalk in seinen Augen und seine Grösse. Sie empfand Bewunderung in ihren Gedanken wie er vor ihr stand, roch erneut seinen Geruch und fühlte sich ihm hingezogen. Warum er sich in ihre Gedanken geschlichen hatte, wusste sie nicht. Auch später erinnerte sie sich immer wieder an diesen Moment des flüchtigen Glücks.

Unglaublich

Als Forscher in der fernen Zukunft zu graben begannen, stiessen sie im Herzen von Rom auf Ruinen grosser Gebäude. Aus alten Schriften fanden sie schliesslich heraus, dass es sich offenbar um eine religiöse Stätte gehandelt hatte, die vor langer Zeit untergegangen war. Gestützt auf weitere Schriften, die sie fanden, entwickelte einer der Forscher die These, dass zu jener Zeit eine grosse Mehrheit der Menschen an ein übernatürliches Wesen mit einer alles überstrahlenden, transzendenten Macht glaubten. Diese These vermochte sich jedoch bei den übrigen Forschern nicht durchzusetzen. Sie wurde als zu unwahrscheinlich verworfen.

Die ungeschriebene Geschichte

Als er die Geschichten von Brecht, Frisch und Albahari über Herrn Keuner gelesen hatte, nahm er sich vor, ebenfalls eine Geschichte über Herrn Keuner zu schreiben. Er liess es dann aber.

Der Kater

Der Kater war von beeindruckender Grösse. Er schlich einer Grosskatze gleich durch die Gärten der näheren Umgebung und hinterliess bei allen, die ihn sahen, Eindruck. Im Gegensatz zu seiner Schwester aus dem gleichen Wurf, die viel kleiner und geradezu zerbrechlich wirkte, war der grosse Kater ein ausgesprochen schlechter Jäger. Während die Katze jeden Tag eine neue Maus oder ab und zu sogar einen Vogel ins Haus brachte, gelang es dem Kater nicht, eine Maus zu fangen. Einmal brachte er eine tote Maus, die die Besitzerin der beiden Katzen zuvor zurück in den Garten geworfen hatte. Eine lebende Maus aber fing er auch danach sein ganzes Leben lang nie. Er begann schliesslich, Kartoffeln, Karotten und Schnecken ins Haus zu tragen. Auch er wollte von seiner Besitzerin für seine Jagdkünste gelobt und anerkannt werden.

Der Geist

Ein Sturm blies hohe Wellen gegen das Land
und liess die Wellen als weisse Gischt an den
verwitterten Felsen branden. Unweit dieser
Naturgewalt erhob sich aus dem Dunkeln ein
Gugelhupf-ähnlicher Hügel. Er fuhr mit
seinem Wagen an den Fuss des Hügels, parkte
den Wagen und schnürte seine Schuhe. Der
Aufstieg war steil und der Regen weichte die
Erde auf und machte die Steine gefährlich
glitschig. Auf halben Weg entdeckte er ein
Pferd, dessen Konturen sich nur unwirklich
vom Hintergrund lösten. Es schien sich frei
auf dem Hügel bewegen zu können, trotzte
tapfer dem Wind und dem Regen, stand ruhig
auf einer schmalen Ebene und schaute wenig
interessiert zu ihm hinüber. Er nahm die
Fotokamera hervor und drückte auf den
Auslöser. Als er zu Hause das Foto ansah,
entdeckte er, dass er nicht nur das Pferd
fotografiert hatte, sondern mit etwas Abstand,
ein zweites Pferd. Es war durchsichtig und
hatte die Form und die Grösse, die Haltung
und die Farbe des anderen Pferdes. Es sah
aus, wie die Seele des einen Pferdes, das er
dort oben entdeckte. Offensichtlich hatte das

Licht im Moment als er den Auslöser drückte, einen Regentropfen durchstossen und zu diesem Bild geführt.

In den Sternen

Eigentlich glaubte Herr Streuner nicht an Horoskope. Und trotzdem las er jede Woche das Horoskop seiner vergangenen Liebe. Er wollte wissen, wie es ihr geht.

Angst

Er hatte schon lange vor, in den Süden Frankreichs zu fahren, an die Côte d'Azur. Aber weil man ihn gewarnt hatte, dass dort Autos aufgebrochen werden, fuhr er nicht hin. Sein Auto wurde zwar auch schon andernorts aufgebrochen und er fuhr trotzdem wieder dorthin. Aber in den Süden getraute er sich nicht. Ganz offenbar war das Gefühl, ausgeraubt werden zu können, für ihn stärker, als die Erfahrung, ausgeraubt worden zu sein.

Die Auswechslung

Als dem Fussballtrainer nichts mehr in den Sinn kam, wie er die drohende Niederlage abwenden konnte, wechselte er den Torwart durch einen Feldspieler aus. Er war sich bewusst, dass er mit dieser Massnahme nicht nur Verwunderung auslösen, sondern vor allem Geschichte schreiben wird.

Nach Mitternacht

Er war überrascht, als seine Witwe ihm kurz nach Mitternacht schluchzend die Türe öffnete. Er hatte noch gar nicht geklingelt.

Tischgespräche

Er sass mit seinen beiden Söhnen am Esstisch. Seine Söhne sprachen über Musik, die sie gerne hörten und Kleidermarken, die in Mode waren. Er kannte weder die Musik, noch die Marken. Sie erklärten es ihm geduldig. Es war ihm peinlich. Zu sehr erinnerte er sich, wie er es damals peinlich fand, seinen Eltern die neue Musik und Kleidermarken erklären zu müssen.

Missverständnis

Als der Vater ihm sagte, er solle abhauen, war er schon etwas überrascht, tat aber, was ihm gesagt wurde und rannte davon. Erst in der Kirche wurde ihm klar, dass der Vater wohl meinte, er solle abtrennen.

Das Glas

Er sass mit seiner Mutter an einem Tisch. Die Sonne brannte mit ihrer ganzen Kraft. Auf dem Tisch standen zwei Glas Wasser, bis zur Mitte gefüllt. Für ihn war das Glas halb voll, für sie halb leer. Als er sah, wie traurig sie darüber war, goss er sein Glas in ihres ein. Sie lächelte und verströmte Glück und Dankbarkeit. Als die Sonne noch stärker schien, fiel ihm auf, dass sie noch immer nicht trank und sie wieder unglücklich schien. Er fragte sie, warum sie nicht trinke und sie antwortete, weil dann das Glas nicht mehr voll sei.

Die Anklage

Im jüdischen Viertel von Krakau hing ein Plakat, das eine Ausstellung ankündigte. Ein junges Paar war darauf abgebildet. Er trug eine dünne Nickelbrille und lehnte seinen Kopf leicht auf seine Hand. Sie sass neben ihm, ein wenig ihm zugewandt. Sie lächelte sanft. Vor ihnen lag eine zusammengefaltete Zeitung. Der Hintergrund war kahl. Die Vermutung, was mit ihnen geschah, liess ihn erschauern.

In seinem Herzen

In seinem Herzen fand sich ein Platz umgeben von Wärme, Geborgenheit und Sicherheit. Ein Platz, an dem Liebe wuchs, Achtung sich wohl fühlte und Wertschätzung einen Namen trug. Ein Ort, an dem das Feuer der Leidenschaft flackerte, wild, aber einfühlsam, zärtlich verlangend, aber nicht überfordernd. Ein Platz, an dem Gefühle sich erwärmten, Hoffnung sich verwirklichte und ein Lächeln die Nacht erhellte. Ein Ort, bewacht mit Adlerauge und verteidigt mit einem Löwenherz gegen Schmerz und Pein. Ein Platz, um sich zu sein, wie man im Innern war, seine Seele zu befreien, ihr den erhofften Raum zu geben, um in sich zu ruhen. Ein Ort, Gemeinsamkeit zu leben, zu erleben, zu teilen und zu erhalten. Es war ein besonderer Platz, der Platz in seinem Herzen. Wer hineingelassen wurde, fühlte sich wohl und er hoffte, dass sie Sorge trugen, den Ort nicht mit Schmerz zu verzerren.

Schwarzarbeit

Zermürbt schaute der Sensemann auf den vor ihm liegenden, toten Theodor Irmer. Ganz offensichtlich war schon wieder ein Schwarzarbeiter vor ihm da gewesen.

Der See

Von weitem fuhren die Leute zu dem See. Verliebte Pärchen, die Hand in Hand am Ufer entlang schlenderten, Eltern mit ihren Kindern, Spaziergänger, manche mit Hunden, andere mit der Fotokamera auf der Suche nach dem perfekten Bild. Der See strömte eine grosse Ruhe aus und begeisterte mit seiner tiefschwarzen Farbe, in der sich der Himmel, die Wolken und die Bäume spiegelten. Enten schwammen auf ihm, fühlten sich sicher und erfreuten die kleinen Kinder und alte Menschen. Der See war so, wie man sich die Natur in seinen Träumen vorstellte.

Die Überraschung

Als Gott bemerkte, dass die Menschen begannen, nicht mehr an ihn zu glauben, war er doch etwas überrascht. Er hatte ihnen durchaus mehr Intelligenz zugetraut.

Der Kritiker

Er war ein herzensguter Mensch. Unglaublich gebildet und von fröhlicher Natur. Nur selten war er schlecht gelaunt. Wenn er es aber einmal war, so schrieb er über ein Buch, das er gerade gelesen hatte, er habe schon Besseres gelesen. Mehr nicht. Er wusste, es war die Höchststrafe für Autoren, nichts liess ihr Herzblut mehr erstarren, als dieser niederschmetternde Vergleich.

Gedanken

Sie notierte ihre Gedanken in ledergebundene Notizbüchlein, die sie auf Märkten im Ausland kaufte. Sie notierte Wichtiges und Unwichtiges, die Einkaufsliste für den nächsten Tag etwa oder die Gefühle, die sie für ihren Liebsten empfand, den Ärger oder die Freude, die ihr bereitet wurde. Wenn das Büchlein voll war, stellte sie es in das Regal zu den übrigen. Sie liebte es, irgendeines davon hervorzunehmen und nochmals die damaligen Gedanken, die Momente und die vergangenen Gefühle zu erleben.

Der Roman

Erwin Schurter entschloss sich, einen Roman zu schreiben. Aber er kam nicht über den zweiten Satz hinaus.

Der Unbekannte

Niemand wusste, warum er in diesem Wohn-block eine Wohnung mietete. Er passte irgendwie nicht in diese Gegend. Es ging nicht lange, bis es hiess, dass er sich ganz offen-sichtlich versteckte. Warum er dies tat und vor wem, das wusste niemand und auch wenn er immer freundlich grüsste, so traute ihm trotz-dem keiner.

Das Rendez-vous

Am Freitagabend wird er sie wiedersehen. Seine letzte Liebe. Sie hatte ihn vor wenigen Monaten verlassen, worüber er froh gewesen war. Vor einer Woche schrieb er ihr, ob sie für ein Treffen Zeit habe und sie sagte zu. Er freute sich darüber, bestellte einen Tisch in einem trendigen Lokal und war gespannt, wie der Abend verlaufen wird.

Der Traum

Sie hatte ein wunderbares Gespür und ein begnadetes Auge, um flüchtige Momente mit herrlich schimmernden Farben auf Leinwänden zu verewigen. Sie träumte davon, eine grosse Malerin zu werden. Aber trotz dem grossen Talent und ihren unvergleichbaren Fähigkeiten stellte sie ihre Bilder nicht aus. Sie zog es vor, ihren Traum bewusst für sich zu behalten, als ihn zu verlieren.

Enten

Sie liebte es, die Enten unten am See mit Brot
zu füttern. Und sie liebte es, sie mit frisch ge-
backenem Brot zu speisen.

Seine Liebe zu Geschichten

Er liebte Geschichten. Und deshalb liebte er die Literatur, das Theater, die grossen Filme im Kino, die Kunst, die Fragen und Erkenntnisse der Wissenschaften und die Architektur. Er liebte die Schreie der Möwen, das Tosen der Brandung und den Geruch des Meeres, den Wind auf den Feldern der Bretagne, verwitterte Mauern und die Falten in den Gesichtern alter Menschen, denn sie standen alle für Geschichten. Deshalb sass er gerne in Cafés fremder Städte, liebte es, den Menschen zuzusehen, zuzuhören, mitzudenken, mitzureden und zu ihnen zu gehören.

Das Bild

Plötzlich und ohne Ankündigung fiel das grosse Bild zu Boden. Das Glas der Scheibe zersprang in tausend Stücke. Der Rahmen fiel an den Ecken auseinander und beschädigte das Bild. Erschrocken wandten sich alle dem Bild zu, das am Boden lag. Grimmig musterte der Vater seinen jüngsten Sohn, der genüsslich seine Nachspeise ass.

Kerzen

Obwohl sie nicht an die Kirche und Gott glaubte, zündete sie jeweils drei Kerzen in der Kirche an. Die eine stand für sie, ihren Mann und ihre Kinder, die zweite für ihre Eltern und Geschwister und deren Familien. Die dritte stand für ihre Freunde und Bekannten. Wenn sie die drei Kerzen sah, das Fackeln ihrer Flammen, so fühlte sie Ruhe und Stärke und war überzeugt, dass alle, für die die Kerzen brannten, vor Unglück verschont sein werden.

Wiedergeburt

Als sein Vater starb übernahm er einige seiner Eigenschaften. Er wollte sicherstellen, dass sein Vater in ihm überlebte.

Der Leuchtturm

Der lange Weg von der Danziger Altstadt am Sitz und dem Museum der Gewerkschaft Solidarność vorbei bis hin zur Ostsee hatte ihn müde gemacht. Seine Füsse schmerzten und die sengende Hitze machte ihn durstig. Eigentlich wollte er den Strand der Ostsee ansehen, durch den Sand schlendern und irgendwo in einem Lokal einen Kaffee geniessen, bevor er den weiten Rückweg antrat. Als er am Hafen unten ankam, sah er ein Schild, das den Weg zu einem Leuchtturm anzeigte. Er stutzte, weil der Leuchtturm auch auf seiner Karte als sehenswert aufgeführt war. Die Umgebung und der Weg waren jedoch kaum vielversprechend. Er wägte lange ab, ob er den Umweg auf sich nehmen sollte und entschied sich schliesslich dafür. Humpelnd ging er der langen Strasse entlang, folgte der Beschilderung und fand endlich den Leuchtturm. Er war enttäuscht, der Turm vermochte ihn nicht zu beeindrucken und zudem war er zu weit vom Meer entfernt. Er wollte schon umdrehen, als er sich dennoch entschied, die Eintrittsgebühr zu bezahlen und auf den Turm zu steigen. An den Wänden hingen Bilder von Schiffen, so wie man es von Leuchttürmen kennt. An manchen Stellen und neben den Fenstern hingen Schilder, auf denen irgendetwas geschrieben stand. Er nahm sich nicht die Zeit, sie zu lesen. Ohne Grund blieb er dennoch an einem der Fenster stehen, schaute hinaus, schaute hinunter zu einem kleinen Schild und las, dass aus diesem Fenster die ersten Schüsse des zweiten Weltkriegs abgeschossen wurden. Erschrocken starrte er aus dem Fenster. Ganz zufällig stand er an einem Ort, an der die Welt verändert wurde.

Der Duft

Er liebte die Tiefgründigkeit ihrer Augen, die
ihn in ihre Seele abtauchen liess, ihr blondes,
langes Haar, ihre grazile Gestalt, die Sanftheit
ihrer Stimme und den Witz, den Geist und
den Klang ihrer Worte. Über allem, was er an
ihr schätzte, lag ihr Duft. Er holte ihn immer
wieder zu ihr zurück. Ihr Geruch war die zarte
Fessel, die ihn an sie band.

Dankbarkeit

In der Prager Innenstadt, gleich gegenüber
dem noblen Hotel Paris, bettelte zu später
Stunde ein alter Mann um etwas Geld. Der
Mann sass vornübergebeugt und hatte seinen
Oberkörper und seinen Kopf auf den Boden
gekippt. Seine Hand lag ausgestreckt vor
seinem Kopf. Eine Mütze verdeckte den
Grossteil seines Gesichts. Ein zerfetzter
Mantel schützte ihn etwas gegen die klirrende
Kälte. Ein Mann entdeckte ihn, griff in seine
Tasche, kniete ab und überreichte dem Bettler
mit freundlichen Worten ein grosses Geld-
stück. Dankbar schaute der Bettler ihn an. Es
war lange her, seit sich jemand die Mühe gemacht hatte, sich zu ihm hinunter zu beugen
und Respekt zu zollen.

Die Aufforderung

Ich habe Ehrfurcht vor all den fremd-
sprachigen Mitbürgern in unserem Land, die
den Sinn unserer Sätze wie «Dür Türe dürre»
verstehen und Aussagen wie «Chumm, gang!»
nicht als Widerspruch sondern als klare Auf-
forderung begreifen.

Die Flagge

Schleuniger sass am Tisch eines Cafés am Fuss der grossen Kirche in der Tübinger Altstadt. Er rauchte wie gewohnt eine Zigarre und las etwas gelangweilt in einem Buch, das er zwei Tage zuvor in Augsburg gekauft hatte. Ab und zu schaute er hoch. Als er das wieder tat, sah er erstaunt einen Fremdenführer, der eine grössere Gruppe mit einer Berner Stadt-Flagge anführte. Schleuniger wunderte sich und war sich unschlüssig, ob es ein orts-ansässiger Führer war oder ob er tatsächlich aus dem fernen Bern stammte.

Die Brücke

Eindrücklich hing die weisse Brücke etwas ausserhalb von Bristol hoch über dem Fluss. Unter der Brücke schlang sich die Strasse dem Felsen entlang, in langen, eleganten Kurven. Der Fluss führte kaum Wasser in sich. Ein alter Baumstamm, der vom Fluss mitgerissen worden war, lag malerisch im Schlick. Ein altes Pier, das von vergangener Grösse und Bedeutung zeugte, verfiel in seine Teile. Die Geländer des Piers waren rostig, das Holz morsch und vom Wind, der Strömung und dem Regen in alle Richtungen hin zerbrochen. Ein perfekter Ort, die Geschichte Englands der vergangenen Epochen zu erleben. Dieser Eindruck drang in alle seine Sinne, nahm sie ein und hinterliess ein Gefühl der Achtung und des Respekts.

Die Flucht

Als das Gespräch persönlicher wurde, fiel ihm plötzlich auf, wie ruhig es im Wirtshaus war. An einigen Tischen sassen vereinzelt Gäste. Sie lasen die Zeitung, schienen auf jemanden zu warten oder sassen still hinter einem Glas Bier. Dass sie ihrem Gespräch zuhörten, war offensichtlich. Er fühlte, wie die Grösse des Raumes in sich zusammensackte, die Ohren der anderen Gäste und ihre Meinungen sich um ihn gruppierten und alle nur darauf warteten, sich ein abschliessendes Urteil über ihn bilden zu können. Er stand auf, bezahlte bei der Kellnerin und flüchtete aus dem Raum. Erst als sie draussen waren, verflüchtigte sich die beklemmende Enge und er konnte das Gespräch befreit weiterführen.

Unterschiede

Nachdem sie die ganze Welt bereist hatte, war sie überrascht heimgekehrt. Sie hatte erwartet immer wieder auf neue Menschen zu treffen und stellte fest, dass die Menschen überall gleich waren. Sie teilten die gleichen Hoffnungen, Sorgen und Ängste und sie sah, dass die gleichen Dinge sie glücklich machten. Was die Menschen unterschieden waren ihre Religionen und ihre Kulturen. Sie war traurig, dass dies reichte, dass sich manche Menschengruppen nicht verstanden.

Ein ungehörter Wunsch

In sich drinnen schrie sie mit vollen Kräften:
«Bleib hier!». In seinem Rückspiegel sah er sie
zum Abschied winken.

Der Fehler

Gott war froh, dass die Forscher den Ehrgeiz nicht aufgaben, verstehen zu wollen, warum Einsteins Relativitätstheorie auf der Ebene der Quantenmechanik versagte. Denn eigentlich hatte er in diesem Bereich einfach etwas schludrig gearbeitet.

Die Tasche

Geübt half der Verkäufer der älteren Dame in die Jacke. Er lobte ihren Geschmack, legte eloquent ein farbenfrohes Foulard über ihre Schultern und blickte sie bewundernd an. Er fühlte, dass er die Jacke soeben verkauft hatte und in der Dame der Wunsch aufkam, eine passende Tasche zu wählen.

Aus dem Norden

Sie komme aus dem Norden, antwortete sie.
Aus Berlin, gab sie zurück als er nachfragte.
Er wunderte sich, Berlin gehörte für ihn noch
nicht zum Norden. Alles, was weiter oben als
der Schwarzwald liege, gehöre für die Leute
hier unten zum Norden, klärte sie ihn auf. Er
vermutete, dass sie ihm nicht sagen wollte,
woher sie kam. Er lächelte sie höflich an und
wandte seinen Blick von ihr ab.

Der Hund

Gelangweilt schaute der Hund aus dem Fenster. Sein Kopf lag zwischen den Vorderpfoten auf dem Sims. Die Farbe der Fassade blätterte ab. Ein rostiger Sicherungskasten hing an der Fassade. Das Glas der Eingangstüre war zersplittert. Hämisch schien die Sonne in diese Trostlosigkeit und verlieh ihr einen malerischen Anschein.

Die Verwirrung

Als er den 49. Kaffee trank, fragte er sich, ob er tatsächlich wach war oder ob er nur träumte. Er war froh, als er nach diesem Gedanken aufwachte. Verwirrt war er einzig, weil er in der Küche sass und eine Tasse Kaffee vor ihm auf dem Tisch stand.

Der Anruf

Er verstand seinen Sohn kaum am Telefon. Im Hintergrund schrie wie wild ein Kleinkind. Eine Mutter versuchte lautstark, das Kind zu beruhigen. Es herrschte eine grosse Hektik und Unruhe, Menschen eilten aufgeregt vorbei und riefen sich in fremder Sprache etwas zu. Der Vater fragte sich beunruhigt, wo sein Sohn steckte, ob er in Schwierigkeiten war und Hilfe bräuchte. Erst als sein Sohn ihm sagte, dass er aus dem Zug aus anriefe, war er beruhigt.

Zartrosa

Alle lächelten ihn an, freuten sich ihn zu
sehen. Bunte Bäume säumten seinen Weg.
Die Sonne strahlte herrlich am zartrosa-
farbenen Horizont. Musik begleitete ihn und
wo immer er stehen blieb, füllten sich seine
Taschen mit Gold. Jerôme Höhner war ein
beneidenswerter Träumer.

Bilder einer Stadt

Wenn er in eine fremde Stadt reiste, fotografierte er sie. Er dokumentierte ihren Charakter. Anders als die anderen Touristen nahm er nicht die bekannten Bilder mit seiner Kamera auf, sondern Dinge, die kaum auffielen, aber ihre eigene Geschichte erzählten. Den Rost einer alten, eisernen Parkbank zum Beispiel, dessen Farbe eine wunderbare Wärme versprühte und von den Personen erzählte, die auf der Bank sassen, von Paaren, die sich liebten, von Menschen, die an Kummer litten oder zu müde waren, um weiterzugehen. Wenn er die Bilder von Paris, Lissabon oder sonst einer Stadt zeigte, waren die Leute enttäuscht, weil sie die Städte nicht wiedererkannten, die sie besucht hatten und gleichzeitig begeistert, weil sie Dinge entdeckten, die sie nicht gesehen hatten, in einer Schönheit, die bisher fremd für sie war.

Einsames Glück

Etwas töricht sah der kleine Hund schon aus, wie er glücklich hechelnd zum Regen hoch schaute, während die Leute um ihn herum grimmig unter den Schirmen hervorblickten.

Die Bewerbung

Auf der Suche nach einer Stelle fand der arbeitslose Büchen ein Inserat, das auf ihn zugeschnitten war. Hoffnung keimte auf. So wie die Hoffnung ihn motivierte sich zu bewerben, so hinderte sie ihn, die richtigen Worte zu finden. Er hinterfragte jeden Gedanken, fand sein Schreiben schlecht, begann von Neuem und verwarf es wiederholt. Auch seinen Lebenslauf vermochte ihn nicht zu überzeugen. Er schien ihm zu lang, zu kurz. Er meinte, dass die richtigen Kompetenzen, die schillernden Arbeitgebernamen und die notwendigen Titel fehlten. Nach einigen Tagen hatte er schliesslich seine Unterlagen zusammen und sandte sie ein. Er war überzeugt, der gesuchte Kandidat zu sein. Die Tage vergingen, sammelten sich zu Wochen, ohne dass er etwas hörte. In Gedanken rief er 'zig Mal an, erkundigte sich, ob er offene Fragen beantworten könne und lies es dann sein. Endlich riefen sie ihn an und luden ihn zum Gespräch ein. Als er aus dem Sitzungszimmer trat, hatte er ein gutes Gefühl. Wortgewandt hatte er die ihm gestellten Fragen beantwortet und hatte die anerkennenden Gesten der Interviewer wahrgenommen. Er fühlte sich gut und hatte seit langem erstmals wieder das Gefühl, seine Zukunft in seinen Händen zu halten.

Die Zeit verging schleppend. Langsam machte sich Zweifel breit während er auf die Rückmeldung wartete. Aufgeregt nahm er den Hörer ab als sie ihn anriefen. Er bekräftigte sein Interesse an der Stelle und den positiven Eindruck, den er während dem Gespräch von dem Unternehmen und der Aufgabe erhielt. Sie vertrösteten ihn um eine Woche, während der weitere Gespräche mit weiteren Kandidaten durchgeführt würden. Enttäuschung machte sich in ihm breit, liess ihn Schwermut empfinden und etwas Hoffnungslosigkeit aufkommen. Nach einigen Minuten begann er, Zuversicht aufzubauen. Er sagte sich, dass noch nichts verloren sei, es sich um den ordentlichen Prozess handle und noch nichts entschieden sei. Nach einer Woche riefen sie ihn an und teilten ihm mit, dass sie sich für einen anderen Kandidaten entschieden hätten, der noch besser ihre Erwartungen erfülle. Er fühlte, wie seine Hoffnung, seine Zuversicht, seine Pläne zerplatzten, wie Hoffnungslosigkeit von ihm Besitz ergriff und Zukunftsängste ihn einverleibten. Er fühlte sich einsam und wertlos.

Der Erzähler

Das Schild am Tor des Kensington Palace in London trägt nur einen Satz: *A palace of secret stories and public lives.** Wer es liest, dem kommen sogleich Geschichten übler Intrigen, geheimer Liebschaften, goldene Kelche und prächtige Säle mit alten Bildern in den Sinn. Und irgendwie tauchen in all den Geschichten das charmante Lächeln einer Prinzessin und das zerknitterte Gesicht der Queen auf. Der Schreiber dieses Satzes war ein begnadeter Erzähler.

* *Ein Palast geheimer Geschichten und des öffentlichen Lebens.*

Der Tauberich

Trotzig schaute der Tauberich von der Fluss-
mauer vor sich hin. Sein Körper strotzte vor
Kraft und strahlte seinen Anspruch auf die
Tauben um ihn herum aus. Seine prachtvollen
Federn verliehen ihm einen ehrfürchtigen
Anschein, seine Haltung widerspiegelte seine
Herrschaft. Er war zweifelsohne auf dem
Scheitelpunkt seiner Macht.

Die Geschichte ihres Lebens

Es ist eine nicht enden wollende, tragische Geschichte. Sie würde dicke Bücher füllen und selbst der längste Kinofilm würde nicht reichen für die gewaltige Kraft der Bilder, die tiefen Gefühle und das Schicksal ihrer Protagonisten. Die Essenz: Sie sassen am See. Sie liebte ihn, er sie nicht. Im Hintergrund spielte leise Musik.

Die Verbindung

Mächtig strahlt die barocke Kirche ihren weissen Glanz über die Stadt. In goldenen Buchstaben stehen die Namen ihrer Schutzheiligen über den Portalen der Frontseite. Lebensgrosse Figuren heben sich in reinem Weiss vom blauen Himmel ab. Alle Bewohner der Stadt und der näheren Umgebung sind stolz auf ihre Schönheit und nennen sie ganz selbstverständlich als Inbegriff ihrer Heimat, unabhängig welchem Glauben sie angehören oder ob sie kategorisch die Existenz eines Gottes ablehnen. Die Kirche als Gebäude vereinigt, verbindet sie, hält sie zusammen, während die Botschaft, die in ihr verkündet wird, sie voneinander trennt.

Der Sonnenaufgang

Wildromantische Sonnenaufgänge faszinieren
ihn. Als notorischer Langschläfer zieht er es
vor, sie zu verschlafen.

Das Alte Testament

Als er las, dass Honoré de Balzac etwa 50
Tassen Kaffee am Tag und Casanova die
gleiche Menge an Austern zu sich genommen
haben sollen, kamen ihm die Mengenangaben
im Alten Testament wieder irgendwie glaubwürdig vor.

Der Skandal

In einer vielbeachteten Ausstellung hing ein Bild schräg an der Wand. Niemand schien sich daran zu stören. Es ging sogar das Gerücht umher, es gäbe genaue Vorgaben, in welchem Winkel das Bild aufzuhängen sei und dass der Künstler dies peinlich genau überprüfe. Erst als der Künstler zufällig von seinem schief aufgehängten Bild erfuhr, wendete sich die Sache. Lautstark und gestenreich stand er vor dem Bild bis es schliesslich gerade hing. Es war ein nie gekannter Skandal für das Museum, das danach lange um seinen Ruf kämpfen musste. Im Kampf um seine Reputation kam dem Museum zu Hilfe, dass nur wenige Tage nach dem Skandal das Gerücht umherging, dass der lautstarke Auftritt des Künstlers, seine Empörung Teil einer Performance gewesen sei, die in Verbindung mit dem Motiv des Bildes ein übergeordnetes Gesamtkunstwerk darstellte. Der Künstler nahm zu diesem Gerücht keine Stellung.

Die Zigarre

Er stand mitten im Raum des Geschäftes und liess die Beschaffenheit der Deckblätter handgerollter Zigarren, ihre Form und ihr Ringmass auf ihn wirken. In Gedanken schmeckte er ihren Geschmack, roch ihren Duft und liess in sich das Gefühl entwickeln, welche die passende Zigarre für diesen Moment war. Langsam verdichteten sich die Sinne zu einem Entscheid und er wählte sie aus. In einem schweren Ledersessel schnitt er sie zu, zündete sie geübt an und zog sie genüsslich ein. Das Wissen, während der Dauer, der die Zigarre brannte, nichts anderes tun zu müssen, verlieh ihm eine innere Ruhe und Gelassenheit.

Vom Regen und der Kälte

Regen zog über das Land und beendete jäh einen nicht enden wollenden, prächtigen Sommer. Dicke Wolken hingen tief und verdeckten den Blick auf die nahen Berge. Melancholie kam in den Menschen auf. Kälte suchte ihren Weg in ihre Häuser und durch ihre Kleider. In manchen keimte bereits die erste Sehnsucht auf an die langen Abende am Fluss, zusammen mit Freunden und Bekannten.

Der Glanz ihrer Jugend

Der Glanz ihrer Jugend trat mit dem Tod der alten Frau wieder ans Licht. Vergilbte Fotos zeigten ihre Unbeschwertheit und Schönheit in ihren jungen Jahren. Das Glück, das sie empfand an der Seite ihres Mannes, übertrug sich auf den Betrachter. In einem Büchlein standen ihre Träume, ihre Hoffnungen und ihre Sorgen jener Zeit. Es gab Einblick in das wunderbare Wesen, das sie gewesen war.

Der Zug

Von weitem sah er den Zug an sich vorbei-
ziehen und hinter einem Hügel verschwinden.
Im Zug sass seine grosse Liebe, sein passen-
des Gegenstück, das ihn ein Leben lang glücklich gemacht hätte. So nahe wie in diesem
Moment kamen sie sich nie wieder.

Der Elfmeter

Als der Mittelfeldspieler vom gegnerischen Verteidiger an der Mittellinie übel gefoult wurde, pfiff der Schiedsrichter ohne zu zögern einen Elfmeter. In einem Spiel, in dem der Trainer seinen Torwart gegen einen Feldspieler austauschte, wollte auch er ein Zeichen setzen und Berühmtheit erlangen.

Das Lächeln

Sie lächelte heimlich, als er sich freute, wie geschickt er sie von seinem Vorschlag überzeugt hatte.

Nachrichten

Die Mädchen sassen nahe beieinander unten am Fluss. Alle schauten konzentriert auf ihre Smartphones. Flink tippten sie ihre Nachrichten ein und lachten ab und zu laut auf, lasen sich die Nachrichten vor und vertieften sich erneut in ihre elektronischen Unterhaltungen. Als sie sich trennten, begannen sie, sich Nachrichten zu senden. Sie wollten wissen, wie es ihren Freundinnen geht und was sie gerade erlebten.

Der Wunsch

Als er sie fragte, was sie suche, antwortete sie: «Lebenslanges Glück. Zusammen alt werden. Hunde kaufen, aufziehen oder Katzen, notfalls auch einen Kanarienvogel, einen Buchfink oder Rosen, Hecken oder was auch immer man gemeinsam aufziehen und daneben alt werden kann. Können auch Schafe oder Wölfe sein, Zwerge im Garten oder Flugtickets und Schachpartien. Ist nicht so wichtig, vor allem einfach: sich verstehen, sich achten, sich umsorgen und all das, was einem irgendwie geborgen fühlen lässt. Ja, schwer zu finden, leicht zu verlieren.»

Einhorn

Es gehe ihr gut, meinte sie und begann laut zu lachen. Viel zu drollig kam ihr das pinkfarbene Einhorn vor, das seit Stunden trötend neben ihr herlief.

Die Ruhe

In engen Kurven führt die alte Passstrasse den Hang hinunter. An den beiden Seiten der Strasse sichern alte Holzzäune vor den Schafen, die in ihrer Nähe das saftige Gras fressen. Die tiefstehende Sonne verleiht dem unebenen Gelände eine eindrückliche Stimmung. Ein leichter, warmer Wind zieht den Berg hinauf. Es herrscht eine märchenhafte Ruhe. Unvorstellbar, dass in diesem Moment an anderen Orten Kriege das Leben Unschuldiger zerstört.

Eine liebenswerte Schwäche

Gott liess sich immer wieder gerne die Religionen dieser Welt erklären. Er liebte die menschliche Schwäche für ausgefallene Geschichten.

Arasea

Ameisen haben für gewöhnlich keinen
Namen. Ich weiss nicht, ob sie sich überhaupt
gegenseitig erkennen oder nicht und ob dies
in ihrem sozialen Gebilde überhaupt eine
Rolle spielt. Immerhin trägt die eine Ameise,
die jeweils an meiner Gartentüre entlang läuft
einen Namen. Sie heisst Arasea. Warum gerade sie einen Namen trägt und warum dieser
so lautet, weiss ich nicht. Arasea pflegt in
einer Kolonne mit den anderen Ameisen
Nahrung und Baumaterial an mir vorbei zu
ihrem Haufen zu tragen. Eigentlich fiel mir
Arasea in der Kolonne der Ameisen bisher gar
nicht auf. Sie sieht aus wie alle übrigen
Ameisen und verhält sich auch wie alle
anderen. Eigentlich kenne ich sie gar nicht. Ist
ja auch nicht nötig, denn dass sie als einzige
einen Namen trägt, ist unabhängig davon, ob
ich sie kenne oder nicht. Sollte ich sie jemals
kennenlernen, so werde ich sie fragen, weshalb sie Arasea heisst.

Begierde

Er sah sie flüchtig aus der Ferne. Sie sah glücklich und begehrenswert aus.

Die Antwort

Kaum zu glauben, glauben Sie mir, dass ich so lange glaubte, dass der Glauben Sache ist. Erst als ich alt genug war, den Glauben zu hinterfragen, musste ich feststellen, dass dem nicht so ist. Später verstand ich, dass dies nicht heisst, dass es Gott nicht gibt. Jetzt bin ich gespannt, welche Wendung mein Glaube als nächstes machen wird. Eines ist gewiss, es wird auch dieses Mal genügend Leute geben, die denken, die Antwort zu kennen.

Die Flut

In einem der malerischen Städtchen der
Bretagne, dort wo der Tidenhub am stärksten
ist, ereignet sich jeden Tag das gleiche Schau-
spiel. Gäste, die vor wenigen Stunden noch
bis weit hinaus auf dem Sand spazierten,
gehen nun viel zu nahe der Mauer entlang, die
die Stadt vor den heranbrechenden Flutwellen
schützt. Die Mauer bricht die Wellen, lässt das
Wasser Meter hoch über sie hinweg steigen
und auf die Spaziergänger hinunterstürzen.
Gäste, die das Spiel schon kennen, stehen in
genügendem Abstand entfernt und schauen
mit Schadenfreude zu.

Gregor

Mit grosser Begeisterung las Carsten Hausener das Schicksal Gregor Samsas in Kafkas Erzählung «Die Verwandlung». Erst viel später als er sah, wie klein ein Käfer wirklich ist und wie schnell er sich vom Rücken auf die Beine drehen kann, begann Hausener ernsthaft an der Geschichte zu zweifeln.

Die Lektorin

Er hatte mit grossem Stolz sein neues Werk dem Verlag überreicht. Jedes Wort hatte er abgewogen, angepasst, durch ein anderes ersetzt bis der Satz so floss wie er es als richtig empfand und genau jene Wirkung sich beim Leser entfaltete, die er beabsichtigte. Ganze Passagen hatte er umgeschrieben, mehrmals bis er endlich die gewünschte Form gefunden hatte. Wenn er die Texte las, versetzte er sich in die unterschiedlichen Rollen seiner Leser und versuchte zu empfinden, welche Gedanken und welche Meinungen sie sich über die Texte machten. Er überarbeitete dann seine Texte erneut, immer und immer wieder. Schliesslich war sein Werk perfekt. Als er den Text vom Verlag zur Freigabe zurückerhielt, erkannte er ihn nicht wieder. Ganze Sätze waren durch die Lektorin umgestellt, Wörter durchstrichen und durch andere ersetzt worden, durch bessere, treffendere, korrektere. Die Lektorin hatte sein Werk mit professioneller Leichtigkeit auf eine höhere Ebene erhoben. Die Welt hatte ihn wieder, sein Stolz über sein Werk war entflohen.

Im falschen Moment

«So war das eigentlich nicht gedacht,» stammelte Herbert Steiner sichtlich verlegen, nachdem er anstelle des Bräutigams laut und deutlich «Ja, ich will» gesagt hatte.

Wahlen

Wahlen stehen an. Wichtige Männer und Frauen stehen zur Auswahl. Alle sind sie hochangesehen in ihren Parteien. Alle haben sie viel für das Land getan, haben immer und immer wieder an 1. Mai- und 1. August-Umzügen teilgenommen, Reden gehalten, Schützenfeste und Altersheime besucht, ehrenamtliche Funktionen bekleidet, ihre politische Karriere vor die Familie gestellt, sich im National- und Ständerat präsentiert, sich einen Namen gemacht für diesen einen Tag, an dem sie hoffen, dass niemand etwas in ihrem Lebenswerk gefunden hat, das so kurz vor dem Ziel ihre Reputation auf ewige Zeit in den Abgrund der öffentlichen Meinung stossen wird.

Die kürzeste Geschichte

«Hmmh…»

Verlängerung

Weil die eigene Mannschaft klar führte und
die Spielzeit der Verlängerung beinahe abge-
laufen war, schoss der Fussballspieler vom
Elfmeterpunkt auf das falsche Tor. Er mochte
dem Schiedsrichter und dem Trainer der
gegnerischen Mannschaft nicht die volle
Aufmerksamkeit gönnen.

Das tote Huhn

Die Eltern überlegten sich lange, wie sie ihrem Sohn beibringen sollten, was der Ursprung von Fleisch ist. Sie suchten nach Worten, nach Bildern, Erklärungen und waren sich nur in einem sicher: Es wird nicht einfach sein. Sie warteten deshalb damit zu, es ihm zu erklären. Sie wollten nichts überstürzen. Entsprechend überrascht waren sie, als der dreijährige Sohn eines Abends beim Essen zornig einwandte, er wolle endlich ein totes Tier essen. Die Eltern lächelten sich zu, so einfach hatten sie es sich nicht vorgestellt. Bloss der Sohn blieb misstrauisch, als die Mutter ihm erklärte, dass das Hänchenfleisch auf seinem Teller vorher ein Huhn gewesen sei.

Der Abend

Der Abend verflog. Sie erzählten sich, was sie in der vergangenen Zeit erlebt hatten, wie es ihren Kindern geht, was diese taten, seit sie sich das letzte Mal gesehen hatten, schauten sich in die Augen, verstanden sich und genossen es, sich zu verstehen. Sie waren an diesem Abend in Gedanken eins, vielleicht auch etwas in ihren Herzen.

Fliegende Kühe

Kühe flogen über das Land und überall, wo er wollte, bekam er Schokolade. Überhaupt genoss er es zu träumen, als er ein kleiner Junge war. Heute haben sich seine Träume verändert. An die Stelle der Unbeschwertheit sind dunkle Wolken aufgetaucht und wo früher Kühe flogen wird er von gesichtslosen Personen verfolgt. In diesen Momenten wäre er froh, wieder ein kleiner Junge zu sein.

Eine zentrale Frage

Sei ehrlich zu dir. Steh' vor den Spiegel und frage dich: «Warum?»

Die Stimmen

Die Decke meiner Wohnung scheint sprechen zu können. Immer wieder höre ich ihre Stimmen. Meistens spricht sie mit einer männlichen oder weiblichen Stimme, manchmal kommt eine Kinderstimme dazu. Zumeist stört es mich nicht. Nur als sie letzte Woche laut vor sich hin schnarchte und ich wegen ihr erwachte, habe ich ihre Nähe als unangenehm empfunden.

Am Fluss

Dutzende von Schwänen schwammen und standen im Fluss und putzten sich ihre Federn. Nur wenig entfernt von ihnen lagen schmale Boote im Wasser. Sie waren bunt angestrichen und hatten einen viel zu kleinen Aussenbootmotor angehängt. Manche hatten einen auf schmalen Eisenstangen montierten Wetterschutz. Sie schienen Fischern zu gehören, die frühmorgens ihre Netze auswarfen. Der Fluss zog langsam und friedlich vorbei. Einzig ein Motorboot fuhr in einiger Entfernung auf ihm, sonst herrschte Ruhe. Auf der anderen Seite des Flusses standen bunte Holzhäuser, deren Dächer die Sonnenstrahlen reflektierten. Hohe Bäume standen am Fluss. Über ihnen flog ein grosser Schwarm schwarzer Vögel. Menschen waren keine zu sehen.

Der Tod

Der Tod mag Halloween nicht. Als er das letzte Mal an diesem Datum beruflich unterwegs war, wurde er zuerst von Kindern wegen seinem Kostüm ausgelacht und als man ihm schliesslich die Türe öffnete, gab man ihm Süssigkeiten. Er drehte sich daraufhin um. Er hatte keine Lust mehr, seine Arbeit zu erledigen.

Flugangst

Nervös schaute der Flugschüler bei seinem ersten Flug durch die Frontscheibe. Er schluckte schwer, als er bemerkte, dass der Motor nicht mehr lief und sich ein grosser, schwarzer Vogel auf die Tragfläche niederliess. Erst als er sah, dass er noch vor dem Hangar stand und er den Motor noch gar nicht gestartet hatte, fühlte er sich wieder besser.

Der Punkt

Aufgeregt kam ein begeisterter Leser zum Autor und sagte zu ihm: «Ich habe ihre Geschichte schon einmal von jemanden anderen gelesen». Interessiert erkundigte sich der Autor: «Ich lese viel. Es ist schon möglich, dass ich etwas las, vergass und später meinte, es wäre mein eigener Gedanke. Von wem ist denn die Geschichte?». «Ich weiss nicht mehr von wem,» gab der Angesprochene zurück. «Ich erinnere mich auch nicht mehr, um welche Geschichte es sich handelt und auch nicht mehr, ob es eine Erzählung oder ein Gedicht war. Aber eines weiss ich noch genau: Am Ende stand auch ein Punkt.»

Gesicherte Zukunft

Zwei kleine Jungs beim Spielen im Sand-kasten.

«Ich weiss schon was ich mache, wenn ich gross bin.»

«Was denn?»

«Ich werde reich sein und ganz, ganz viel Geld verdienen.»

«Wieviel denn?»

«Ganz, ganz viel. 20 Franken oder so.»

«Das ist nicht viel.»

«Dann halt Millionen Millionen. Ist das viel?»

«Ich denke schon.»

«Ist gut, dann halt so viel.»

Erinnerung

Durch die Wand hindurch sah er sie, wie sie
ihre langen Haare kämmte, die sie einst hatte,
bevor sie vor langer Zeit starb.

Wolken

Die beiden kleinen Jungs lagen auf dem Rücken auf der leichten Anhöhe der grossen Wiese. Sie schauten zu den Wolken hoch, die an ihnen vorbeizogen und langsam ihre Form veränderten. Die Wolken schienen unerreichbar zu sein und sie wünschten sich, mit ihnen zu reisen. Hinaus in die weite Welt, in fremde Länder und Städte. An Orte, an denen noch nie jemand war, um Dinge zu entdecken, die noch niemand kannte. Später dachte er immer wieder an diesen Moment zurück, wenn er im Flugzeug durch die Wolken hochstieg und fragte sich, ob der Nachbarsjunge sich ebenfalls an diesen Nachmittag zurückerinnerte.

Der Läufer

Ohne erkennbaren Grund versuchte Heinrich Stichler an der französischen Atlantikküste auf dem Wasser zu gehen. Überrascht stellte er fest, dass er es konnte. Voll kindlicher Freude lief er los in Richtung Amerika. Bisher stand noch nichts über sein Abenteuer in der Zeitung. Ganz offensichtlich ist er drüben noch nicht angekommen.

Das Huhn

Die Katze, die sich für ein Huhn hielt, war
weit herum bekannt. Mütter gingen zum
Bauernhof, wo sie lebte, und zeigten sie ihren
Kindern. Die Katze hatte früh ihre Mutter
verloren und wuchs mit den Hühnern auf.
Auch heute noch war sie den ganzen Tag um
sie herum und schlief mit ihnen im Hühner-
stall.

Hochzeitswalzer

Voll Glück tanzte er den Hochzeitswalzer und war stolz auf seine schöne Braut. Er wusste, das Glück wird nicht ewig sein.

Das Paar

Ein altes Paar ging die Strasse entlang. Er hatte Mühe zu gehen und stützte sich auf eine Gehhilfe ab. Seine Frau war noch gut zu Fuss. Beide blieben einen Moment stehen und schauten über das Feld. Was mochte ihre Geschichte sein?

Guinness

Zum vierten Mal bereits stand er oben am
Tresen der Guinness Brewery, am Ende der
viel zu langen Ausstellung, und löste die Ein-
trittskarte gegen ein Glas Bier ein. Die ersten
drei Mal hatte er nur daran genippt und den
Rest verschämt stehen gelassen. Er mochte
den Geschmack dieses dunklen Gebräus einfach nicht. Es war ihm zu bitter und zu
cremig. An diesem Abend war es anders, er
mochte das Bier. Sie hatten Recht behalten,
die Iren, die ihm sagten, man muss es bloss
oft genug ausprobieren, am Ende mögen es
alle.

Griechenland

Auch als sein Gegenüber ihm erklärte, dass seine Aussage «De gustibus non est disputandum» lateinisch und nicht altgriechisch sei und zudem nicht aus der Antike stamme, war es ihm egal. Er freute sich auf seinen Flug nach Athen und welche Sprache sie dort früher sprachen, war ihm einerlei. Er verstand sie eh nicht.

Der Wind

Im Moment als er kurz ins Haus ging, kam der Regen. Der Wind blies seine Zigarre weg. Er hörte sie vom Tisch hinunterfallen. Er suchte sie und fand sie lange nicht, bis er sie schliesslich unter einem kleinen Strauch fand. Sie war voller Dreck und hatte sich mit Wasser vollgesogen. Sie war nicht mehr geniessbar.

Der Flug

Klauser war ein Leben lang überzeugt, dass er aus eigener Kraft fliegen könne. Schon als kleines Kind hat er uns davon erzählt. Getraut, es tatsächlich zu versuchen, hatte er sich jedoch nie. Dieses Wochenende werde er es nun tun, erzählte er uns letzte Woche. Von ganz weit oben, ganz oben auf dem grossen Berg, werde er Anlauf holen und über den Abhang hinaus sich in die Lüfte schwingen und erst, wenn es eindunkle, zu uns hinunter schweben. Ob es ihm gelang, weiss ich nicht, ich habe ihn seither noch nicht gesehen.

Pressefreiheit

Mit Blick auf die drei Protagonisten dieses ausserordentlichen Fussballspiels, entschied sich die Presse, ebenfalls Geschichte zu schreiben und nicht über das Spiel zu berichten. Auch das war eine aussergewöhnliche Tat, wohl aber auch der Grund, weshalb bisher noch niemand von diesem geschichtsträchtigen Spiel erfahren hat.

Weiterbildung

Er hatte schon das ganze Jahr seinen Sohn davon zu überzeugen versucht, dass Schulbildung wichtig ist. Schmunzelnd überreichte ihm der Sohn ein Schreiben der Schule. In grosser Schrift stand «Freiwillige Eltern-Weiterbildung» auf dem Schreiben. Beide wussten, er musste hingehen, wollte er glaubwürdig bleiben.

Die Furcht

Mit grossen Sätzen kletterte die Katze den Baum hoch, bis weit oben ins Geäst. Ängstlich schaute sie bewegungslos nach unten, wo eine grosse Katze drohend zu ihr hoch schaute. Noch lange blieb sie oben, nachdem die Katze unten verschwunden war. Schliesslich sprang sie in zwei grossen Sprüngen vom Baum hinunter und sprang über den Holzzaun hinüber, mit raumgreifenden Sätzen auf und davon.

Seine letzte Geschichte

Lange sass er vor dem leeren Blatt Papier, spielte mit dem Schreibstift, machte sich Gedanken, stand auf, ging um den Tisch und setzte sich wieder hin. Es fiel ihm nichts mehr ein.

Inhaltsverzeichnis

Stefan Schär, 1965 geboren, lebt in Solothurn und ist Vater zweier Söhne. Seine Leidenschaft gehört den Geschichten. Für den vorliegenden Band ist er hingesessen und hat einige davon aufgeschrieben.

www.stefanschaer.ch